ANTINOÜS

OU

L'ARTICLE ET LE SENTIMENT

Folie-Vaudeville en un acte

PAR

B. RIGAUD.

CAEN
IMPRIMERIE DE CH. WOINEZ, RUE NOTRE-DAME, 98

1846

ANTINOÜS

OU

L'ARTICLE ET LE SENTIMENT.

Folie-Vaudeville en un acte,

PAR

B. RIGAUD.

A CAEN

CHEZ CHARLES WOINEZ, IMPRIMEUR-LIBRAIRE.

1846.

PERSONNAGES :

CANDI, confiseur retiré.	DUTOUR, amant d'Hélène.
ANTINOUS COQUARDEAU, courtier pour les liquides.	HÉLÈNE, fille de Candi.
	TRINETTE, jeune bonne.

La Scène se passe à Belleville, près Paris.

Le théâtre représente un salon simplement décoré; au fond, une porte ouvrant sur un jardin ; à gauche du spectateur et au milieu, une autre porte; à droite, sur le dernier plan, une porte; sur le devant de la scène, deux tables, l'une à gauche et l'autre à droite.

Caen, imp. de Ch. Woincz.

ANTINOÜS

L'ARTICLE ET LE SENTIMENT

Folie-Vaudeville en un acte.

SCÈNE Ire.

HÉLÈNE, TRINETTE.

Au lever du rideau, Hélène est assise en face de la table, à droite du spectateur, et s'occupe à peindre une miniature ; Trinette est de l'autre côté, qui met le couvert pour le dîner de ses maîtres.

ENSEMBLE.

AIR *Des Puritains* (Spectacle à la Cour, acte Ier).

TRINETTE (*à part*).

Elle ne veut pas m'entendre,
Et son père, en rentrant,
Pourrait fort bien surprendre
Ce secret important...

HÉLÈNE (*à part*).

Je ne veux pas attendre,
J'ai fini dans l'instant,

On n'pourra plus surprendre
Ce secret important...

TRINETTE.

Mon Dieu! votre figure
Est rouge à faire peur;
Il paraît que la peinture,
Ça donne d'la couleur.

(Reprise de l'ensemble.)

TRINETTE.

Mais, Mam'zelle, vous allez vous mettre le feu dans le sang! Voilà cinq heures d'horloge que vous *peignissez*.....

HÉLÈNE.

Cinq heures!..... il me semble qu'il n'y a qu'un instant.

TRINETTE.

Un instant comme ça, dont il a suffi pour mitonner mon pot-au-feu, que c'est bientôt l'heure de dîner...

HÉLÈNE.

C'est si agréable de faire le portrait d'une personne qu'on aime...

TRINETTE.

Il faut que ça *soye*, car vous en perdez le boire et le manger; à c'matin encore, vous avez laissé la moitié de votre déjeûner..... C'est flatteur pour un cordon-bleu comme moi...

HÉLÈNE (*se parlant à elle-même*).

Un dernier coup de pinceau pour terminer...

TRINETTE.

Va-t-il être étonné et fier, M. Candi, votre père, d'avoir un double de sa figure fait par vous! Mais pourquoi tant vous fatiguer, si vous ne devez lui faire ce cadeau qu'à la saint Pantaléon, son patron ?

HÉLÈNE (*se levant avec vivacité*).

Enfin, le voilà achevé! Dieu que je suis contente, Trinette !

TRINETTE.

Et moi aussi..... car vous allez me faire voir ça à la fin..... vous ne pouvez plus me refuser...

HÉLÈNE (*mystérieusement*).

C'est trop juste..... tiens.....

TRINETTE.

Ah! mon Dieu! mais ce n'est pas votre père, ça..... c'est M. Auguste..... Ah! mam'zelle, vous m'avez joliment attrapée... moi aussi...

HÉLÈNE.

Tu le trouves donc bien ressemblant ?

TRINETTE.

Comme deux gouttes de crême.

HÉLÈNE.

Si tu savais comme tu me fais plaisir !

TRINETTE.

Mais quel beau costume !..... je ne l'ai jamais vu comme ça.

HÉLÈNE.

C'est celui qu'il avait la première fois que j'ai fait sa connaissance, au Ranelagh ; tu sais, le jour que j'y ai été avec ma tante.

TRINETTE.

Oh ! je m'en souviens, même que vous êtes rentrées après *minuit*, que Monsieur Candi n'était pas content, à cause qu'il lui a fallu payer une double course de fiacre..... Est-il ladre ! Il paraît que vous ne vous y êtes pas ennuyées à ce bal.

HÉLÈNE.

Ennuyées !..... oh non !..... c'est si amusant un bal..... Oh ! j'espère bien y aller souvent, quand je serai mariée....., et je le serai bientôt.

TRINETTE.

Ah !

HÉLÈNE.

Oui, M. Auguste doit envoyer un de ses amis demander ma main à mon père.... C'est convenu du jour où nous avons quitté Paris pour venir nous établir à Belleville.

TRINETTE.

Si ça pouvait être ce M. Antinoüs, ce courtier de vin, si original, dont vous m'avez parlé, qui dit toujours *yes, ya*, *si signor*, pour faire croire qu'il possède toutes les langues.

HÉLÈNE (*regardant le portrait*).

Cela se pourrait bien...

TRINETTE (*se rapprochant d'Hélène*).

Mais comment avez-vous pu le faire si bien sans le voir là..... devant vous ?

HÉLÈNE.

AIR *De l'Angelus.*

Sans le voir ! quelle est ton erreur
Depuis qu'Auguste a ma tendresse,
A mes yeux ainsi qu'à mon cœur
Ses traits se sont offerts sans cesse ;
Quand je peignais il posait là....

(*Portant la main au cœur*).

TRINETTE.

Il n'est pas surprenant, je pense,
Lorsqu'on se voit d'si près que ça,
De bien saisir la ressemblance.

Et vous croyez que M. Candi donnera son consentement ?

HÉLÈNE.

Je le crois d'après quelques paroles qui lui sont échappées.

TRINETTE.

Et que vous n'avez pas laissées tomber à terre..

Mais je l'entends..... je vais donner un coup d'œil à mes *casteroles.* (*Elle sort.*)

SCÈNE II.

HÉLÈNE, CANDI.

CANDI.

Ah ! te voilà, mon bichon ! viens m'embrasser, viens.....

HÉLÈNE.

Avec plaisir, mon petit père.

(*Elle lui tend les bras.*)

CANDI.

Non, pas comme ça..... Je te l'ai défendu (*la baisant au front*). Voilà ce que c'est..... c'est le bon genre..... c'est comme ça que les pères nobles des Funambules embrassent leurs filles... quand ils en ont... Ah! tu as mis ta jolie robe; tu as bien fait. Comme je te l'ai dit, nous pouvons recevoir ici des visites... Il nous faut être bien mis..... et quand on s'en donne la peine on n'a pas trop l'air confiseur.... (*Il rajuste son vêtement.*) Je *permissionne* un peu de coquetterie; une mise décente est de rigueur. (*A part.*) J'ai mes raisons.....

HÉLÈNE.

Vous avez raison.....

CANDI.

Vois-tu, il nous faut vivre à présent comme des

gens distingués..... et c'est pour cela que j'ai liquidé mon commerce de bonbons, et laissé la rue des Lombards..... Candi, que je me suis dit, il est temps de fermer boutique, de faire tes adieux à la praline et au caramel..... tu t'es mis jeune dans les confitures et dans le mariage, tu as eu des enfants et des profits..... de tout cela il te reste une fille unique... et de quoi siroter la vie agréablement..... repose-toi..... choisis une retraite dans la banlieue..... Là tu peux encore procurer des douceurs à tes concitoyens..... tu en es considéré comme un père, ils te nomment leur maire, et, après avoir pendant quarante ans confectionné des dragées, tu emploies tes derniers jours à fabriquer des mariages..... et d'ailleurs l'état de confiseur ne vaudra plus rien de longtemps..... si le gouvernement n'y prend garde la question des sucres lui donnera de l'amertume...

AIR : *Les Maris ont tort.*

La betterave avec la canne
Se sont fait une guerre à mort;
Dans cette éclatante chicane
J'veux pas savoir laquelle a tort.....
Mais on s'épluche, on se courrouce,
Et tant qu'auront lieu ces conflits,
Faites donc une chose douce
Avec des sucres tout aigris !

Et puis, je ne suis pas fâché de goûter un peu aux honneurs.

HÉLÈNE.

Ah! vous avez de l'ambition ?...

CANDI.

Et toi donc, ne faut-il pas que tu montres l'éducation que je t'ai donnée...... sac à papier... tu peux te flatter d'en avoir reçu une premier numéro.....
Dis donc, en as-tu *éeu* de ces maîtres, que ça semblait une procession, sans parler de moi qui t'ai appris à lire de ma propre main !

HÉLÈNE.

Ah ! ça, c'est vrai.....

CANDI.

Ah ! tu me rends justice, ma fille; professeur de piano, professeur de danse, professeur d'aquerelle.. tu peins joliment l'aquerelle.....

HÉLÈNE.

L'aquarelle.

CANDI.

A quoi ?...

HÉLÈNE.

Je dis l'aquarelle.

CANDI.

L'aquarelle ou l'aquerelle; ne vas-tu pas m'en faire une pour si peu de chose..... Et puis tous professeurs brevetés......

HÉLÈNE.

Oh ! le brevet ne prouve rien.

AIR : *Pégasse est un cheval.*

Du mérite il n'est plus la preuve
Depuis que l'on en fait trafic;
Mais c'est une méthode neuve
Pour attraper ce bon public.

CANDI.

Le jury chargé de répandre
Ces diplômes d'habileté,
Devrait être tenu de prendre
Un brevet de capacité.....

Mais à propos, va voir si le dîner est prêt, je succombe d'appetit.....

HÉLÈNE (*à part*).

Et moi d'impatience de voir arriver le message d'Auguste. (*Haut.*) J'y vais. (*Elle sort.*)

SCÈNE III.

CANDI (*la suivant des yeux*).

Joli bichon! va! elle ne se doute pas que j'attends d'un moment à l'autre un prétendu. Voyons, que je lise *de renouveau* la fin de la lettre de mon vieil ami Dutour..... « Nous voilà d'accord; reste à nous assurer si nos jeunes gens se conviennent; pour cela j'écris au chef de la maison de commerce où mon fils s'est placé, jusqu'à ce qu'il prenne un établissement à son compte. Son patron vous l'enverra, sans lui dire rien de nos projets, vous faire ses offres de service..... Ménagez-lui, en l'accueillant, l'occasion de voir votre fille..... et nous saurons bientôt à quoi nous en tenir.

P. S...... « J'approuve votre réserve relativement à la dot.... Ne vous dépouillez pas de votre vivant...., nos enfants feront comme nous, ils travailleront... » Voilà qui est parlé..... C'est le gendre qu'il me fallait....Oui, ma fille sera madame Dutour....., j'ai mes raisons..... (*Il sort.*)

SCÈNE IV.

ANTINOUS

Bonjour à la compagnie....Personne; profitons-en pour soigner mon entrée..... (*Il serre son pantalon.*) Le pantalon sanglant..... ça fait bien..... (*Il rajuste ses gants.*) La main glacée de frais..... Je me suis donné les gants d'en acheter une paire un peu..... Dieu! comme ça pince!.... si l'on ne dirait pas une main du sexe opposé!... Qui me prendrait pour Antinoüs Coquardeau, le modeste courtier de vins?... C'est que j'ai besoin aujourd'hui de la totalité de mes avantages..... Figurez-vous....., dernièrement, à Pâques... ou aux environs.....ceux de Paris ouvraient leurs bals plus ou moins champêtres..... Passy, Sceaux, Saint-Mandé se mettaient en mesure pour faire danser la jeunesse; moi qui suis de la première, je ne peux pas être le dernier..... je pars du pied gauche, avec un ami sous le bras, et nous voilà au Ranelagh.....La foule nous sépare... je m'inquiète... d'une danseuse... quantité viennent s'offrir à mon lorgnon... j'en suis peu satisfait... Tout à coup, j'en remarque une en capote verte qui me semble avoir à mon choix tous les droits réunis... Je m'y dirige, quand je la vois partir avec mon gueux d'ami... Malédiction !... je vole de belle en belle... Retenue... retenue... toutes retenues... retenues...! Ça peut être moral, mais ça n'est pas gai... Alors, pour me venger... j'avais soif de vengeance... avec ça qu'il faisait une chaleur de Sénégal... je reviens sur mes pas... et je me rejète sur une mûre... une dame mûre... que j'avais remarquée près de la verte à cause de son excessif développement... Elle pouvait bien peser, à vol d'oiseau, cent cinquante-huit kilogrammes... Je l'invite... elle ne demande pas mieux... je le crois parbleu bien !... On crie : *en place!* Je traîne ma dame après moi... Je suis bientôt rendu... Ouf! ô bonheur ! je me trouve en face de la jeune qui dit à mon à côté... au cent cinquante-huit kilogrammes... Vous dansez donc ma tante?... Sa tante?... la tante de ma capote verte?... ce mot me fait penser que mon vis-à-vis est sa nièce... Je m'en réjouis pour mes projets... Je redeviens serein... je m'anime... je me balance avec complaisance... je place à droite et à gauche, en plusieurs langues, des facéties qui les font rire toutes deux à gorge extrêmement déployée... la grosse surtout... L'autre me lance à la dérobée une douzaine et demie de ces regards qui auraient mis le feu à mon briquet phosphorique si, fumeur imprudent, j'avais orné mes poches de ce combustible dangereux... Bref... pendant toute la soirée, je ne perds pas de vue la nièce et je prodigue à la tante les égards et les rafraîchissements... les plus délicats... Ça la fait jacasser, et j'en tire, concernant ma capote verte, une abondance de renseignements les plus sûrs... ce qui fait qu'aujourd'hui je mène de front l'article et le sentiment ; j'attaque le père Candi... Je lui coule mes liquides et j'achève de battre en brèche le cœur de sa fille, qui n'a pas l'air d'être cerclé comme une pièce de trois-six... Aussi c'est décidé... je risque ma déclaration, et, d'une voix pleine... de mélancolie, je lui module :

AIR *du Dieu des bonnes gens.*

Sur tes pas, ma divine Hélène,
Nouveau Pâris, s'élance Antinoüs,
Tel qu'un Parisien, hors d'haleine,
Qui veut rattraper l'omnibus...
Arrête, arrête, arrête, je t'en prie,
Dans ton cœur place ! s'il te plaît;
Tu n'auras pas, oh! non, la barbarie
De me crier complet !

(*S'avançant vers la porte à sa droite.*)

O ! Hélène, O ! Hélène, tu es là... te livrant sans doute à l'étude des beaux arts; faisant de la peinture ou tricotant des bas pour ton père, et tu ne te doutes pas que tu tiens dans tes mains le fil de ma destinée... Mais voici quelqu'un... c'est le sieur Candi... Sans l'avoir jamais vu, je le reconnais à son habit pistache couleur confiseur en retraite...

SCÈNE V.

ANTINOUS, CANDI.

CANDI (*à part*).

Un jeune homme!... ça ne peut être que mon gendre... Il est bien... gants jaunes... bon genre...

ANTINOUS.

Monsieur, j'ai bien celui de vous saluer...

CANDI.

Monsieur, je vous réciproque...

ANTINOUS.

Est-ce à l'estimable M. Candi ci-inclus que j'ai l'avantage de parler?...

CANDI.

C'est moi qui suis lui... qu'y a-t-il pour votre service?...

ANTINOUS.

C'est à moi de vous offrir les miens... *yes*...

CNDI.

Monsieur parle anglais?...

ANTINOUR.

Pardon! ce monosyllabe exotique m'est échappé... je possède plusieurs langues... et alors... vous comprenez...

CANDI.

Oh! très bien... (*A part.*) Education parfaite... c'est comme ma fille...

ANTINOUS (*avec volubilité*).

Je représente la maison de commerce Puffman et compagnie avantageusement connue de père en fils, par la qualité supérieure de ses bordeaux, bourgogne, champagne et autres crus... achetant la récolte sur pied, et faisant fabriquer sous ses yeux, elle est sûre de ne livrer à la consommation que des produits nature... La santé public s'en trouve bien et ma maison pas mal... aussi a-t-elle obtenu une mention honorable de la société hygiénique de Londres, les commandes de toutes les cours du Nord, sans oublier les compagnies hollandaises où l'on boit de fameux bouillons... Enfin, monsieur, c'est de nos caves que sont sortis les vins qui ont été envoyés en présent à l'empereur de Maroc afin de civiliser ce potentat africain... car vous ne l'ignorez pas, monsieur, le vin est essentiellement humanitaire et civilisateur... Parlez donc, faites-vous servir... modération dans ses prix... célérité dans ses envois... telle est la devise fixe et immobile de la maison ci-dessus désignée... (*Changement de ton.*) Nous expédions les vins tout clarifiés et nous n'épargnons pas la colle...

CANDI (*à part*).

Sac à papier! quelle platine!...

ANTINOUS.

Nous tenons les aïs, sillerys, rosés grands mousseux, premiers choix... le champagne est le vin des dames... et cette maison n'est sans doute pas dépourvue de ce sexe... indispensable?... (*A part.*) C'est un peu finaud ce que je glisse là...

CANDI.

J'en prendrai quelques bouteilles... ça fera plaisir à ma fille... (*A part.*) Comme elle est bien amenée là ma fille!...

ANTINOUS (*chantant*).

Monsieur, vous avez une fille?

CANDI (*de même*).

Parbleu, monsieur, je le crois bien! (*Parlé.*) Sac à papier! et j'en suis fier de ma fille... (*A part.*) Louangeons-là!... J'ai mes raisons! (*Haut.*) C'est la douceur, la grâce, la candeur et la fraîcheur... c'est tout le portrait de sa mère, de ma pauvre Baptistine... qui me ressemblait beaucoup...

ANTINOUS.

C'est étonnant!... Vous me donnez une grande démangeaison d'offrir à mademoiselle votre fille mes

hommages et mon champagne respectueux , *ya... ya...*

CANDI.

Vous parlez aussi l'allemand?

ANTINOUS.

Ah! pardon... Cet autre monosyllabe non moins exotique m'est également échappé!...

CANDI.

Eh bien! voici l'heure de notre dîner... Acceptez sans façon la fortune du pot... Nous causerons affaire entre le potage et le petit verre... (*A part.*) J'ai mes raisons...

ANTINOUS.

Comment! vous daignez... (*A part.*) Parole d'honneur! il n'y a pas deux mortels tels que moi...

CANDI.

Allons, pas de cérémonie... Mais voici ma fille...

SCÈNE VI.

LES MÊMES, HÉLÈNE.

HÉLÈNE (*à part*).

L'ami d'Auguste enfin !

ANTINOUS (*à part*).

Ma présence lui refait plaisir...

CANDI (*à part*).

Bon ! la première impression est favorable. (*Haut à sa fille.*) Ma fille, je te présente...

ANTINOUS (*passant rapidement du côté d'Hélène*).

Le représentant de la maison Puffman et compagnie... qui se met tout entière, dans ma personne, à votre disposition ...*yes*...

CANDI.

Et je donne à dîner aujourd'hui à la maison tout entière... dans la personne de monsieur, *ya*.

HÉLÈNE (*à part*).

Ça s'annonce bien.

ANTINOUS.

Un tel honneur me confusionne... et je ne sais si... je... car...

HÉLÈNE.

Oh ! vous ne pouvez refuser... Ce serait mal à vous...

ANTINOUS (*stupéfait*).

Adorable ! adorable !...

SCÈNE VII.

LES MÊMES, TRINETTE (*qui vient servir le dîner.*)

HÉLÈNE.

Trinette ? un couvert de plus... (*Bas.*) C'est lui.. C'est monsieur Antinous.

TRINETTE.

(*Bas.*) Monsieur, *yes, ya... bravo* ?

HÉLÈNE.

(*Bas.*) Lui-même...

TRINETTE.

(*Bas.*) Tiens, tiens...

CANDI.

Allons ! à table !...

AIR : *Quelle est gentille, notre abbesse !* (*Domino Noir.*)

Ensemble.

Tout marche au gré de mon envie ;
Il est loin de se défier
Qu'en ce moment je me soucie
Bien moins du vin que du courtier.

ANTINOUS.

Tout marche au gré de mon envie ;
Ils sont loin de se défier
Qu'outre mes vins, je négocie
Pour leur colloquer le courtier...

HÉLÈNE.

Tout marche au gré de mon envie;
Il est loin de se défier
Qu'ici le courtier négocie
Le projet de me marier...

TRINETTE.

Tout marche au gré de leur envie;
Il est loin de se défier
Qu'ici le courtier négocie
Le projet de la marier.

(*Ils s'asseient à table ; Hélène se place au milieu.*)

ANTINOUS (*à part*).

Hasardons quelques douceurs !... A Hélène. Vous offrirai-je de ceci ? (*Il offre du vin et ils boivent.*)

CANDI.

Comment le trouvez-vous ?

ANTINOUS.

Pas mal ! (*Bas à Hélène.*) On ne vous a pas oubliée... Depuis le bal... vous avez ravagé tous les cœurs... Il en est un surtout...

HÉLÈNE (*à part*).

Il veut parler d'Auguste...

ANTINOUS (*à part*).

Elle ne se formalise pas... C'est délirant... (*La bouche pleine.*) C'est à avaler les morceaux de travers...

CANDI.

Oui... encore quelques mois de verre et ce vin sera un peu chenu...

ANTINOUS (*à part*).

Parfait le quiproquo ! Elle a ri... bon signe... Au papa, maintenant. (*Haut.*) Vous me disiez donc, mon estimable hôte, que mademoiselle n'est pas indifférente au champagne. (*A Hélène.*) Preuve de goût.

J'en conclus que vous allez m'en faire une certaine commande...

HÉLÈNE.

Ha ! c'est très aimable à vous, cher papa...

ANTINOUS.

Voyons ! combien de bouteilles ?

CANDI.

Eh bien ! cent bouteilles !...

HÉLÈNE.

Cent bouteilles !

CANDI (*à part*).

J'ai mes raisons... Qu'est-ce que je risque?... J'arrangerai ça...

ANTINOUS (*versant à boire*).

Achevons de sabler celle-ci à la santé de mademoiselle... A son bonheur !...

CANDI (*s'exaltant par degré*).

Oui, à son bonheur !...

ANTINOUS (*à part*).

Le vieux s'enferre... (*Haut.*) Mais nous nous sommes occupés du dessert avant le premier service...

Qu'est-ce que vous aimez en bourgogne? Mettrons-nous une pièce de Beaune?...

CANDI.

Va pour une pièce...

ANTINOUS.

Bah! mettons en deux! C'est généreux, c'est dépouillé, c'est fondu!... et si vous m'en croyez, vous en prendrez trois pièces...

CANDI.

Trois pièces, soit !...

HÉLÈNE.

Mais que ferons-nous de tant de vins ?...

CANDI.

Tu le boiras... nous le boirons... sac à papier !

ANTINOUS.

Yes, ya, bravo... Bien répondu. (*Versant à boire.*) Buvons!... Maintenant passons au bordeaux.

CANDI (*de plus en en plus exalté.*)

Oui, passons à Bordeaux !...

HÉLÈNE (*à part*).

Il paraît qu'il n'oublie pas ses intérêts...

ANTINOUS.

Le bordeaux, monsieur et mademoiselle, c'est le vin par excellence; il est flatteur à l'odorat, clair et vif à l'œil, mince à la lèvre, suave au palais, chaud à l'estomac et bénin aux entrailles.

CANDI.

Oui, ma fille, le bordeaux est clair et vif à l'estomac et à l'odorat, et cœtera. (*A Antinous*.) N'est-ce pas ?

ANTINOUS.

Ya, ya. Nous disons donc quelques pièces de grands crus... ce que nous appelons vins d'entremets, par exemple du château-margaux.

CANDI (*dédaigneusement.*)

Margaux!...

ANTINOUS.

Ça vous paraît commun, eh bien! du la Rose. (*A Hélène.*) C'est une allusion...,

CANDI.

A la bonne heure ! Je vote pour la rose.

ANTINOUS.

Et ce choix là vous fait honneur... Mais j'y pense... une occasion magnifique, il nous reste encore un millier de bouteilles de Johannisberg... Vous savez ce fameux vin du Rhin, récolté par le prince de Metternich en personne. Je vous le cèderai à 15 fr., parce que c'est vous... C'est donné... Même que son altesse vinicole nous le passe plus cher...

CANDI.

Alors j'en arrête vite cent bouteilles.

ANTINOUS.

Vous faites là une excellente affaire. (*A part.*) Et moi aussi. (*Haut.*) Un vin qu'on boit dans des verres verts... le vin de l'aristocratie, que dis-je de l'aristocratie ? de la diplomatie....

CANDI (*s'exaltant*).

Ya... yes... bravo! Je suis aristocrate, moi... Que dis-je! Je suis diplomate. En avant le vin du Rhin! En avant la... *Jaunisse verte* ! Ma fille, tu achèteras des verres verts...

HÉLÈNE.

Quelle folie ! !

ANTINOUS (*rapidement*).

Il prend le papier sur lequel il a écrit successivement les articles.

Additionnons. Zéro, zéro, zéro, pose zéro, et ne vous retiens rien... Total 7,000 francs, et pas le plus petit centime additionnel... Allez dire au conseil général du département d'en faire autant. On reprend les futailles à 3 fr. 45 c. *(Présentant le papier à Candi.)* Prenez vos conserves... Vous pouvez vérifier...

CANDI.

Je men rapporte.

ANTINOUS.

Bien! écrivez au bas : approuvé la commande ci-dessus, avec les prix cotés ci-contre.

CANDI.

J'approuve et je me signe. *(A part.)* J'arrangerai ça, j'arrangerai ça. *(Haut.)* En avant la joie. *(Ils se lèvent de table).* Ah ça ! je vais chercher une vieille bouteille d'angélique. *(A part.)* Pendant ce temps... *(Montrant les jeunes gens.)* J'ai mes raisons.

ANTINOUS ET HÉLÈNE *(à part).*

AIR : *L'Estocq.*

Ensemble.

Il nous laisse en présence;
C'est bien heureux, vraiment;
Il ne pouvait, je pense,
Mieux choisir le moment.

CANDI *(à part).*

Laissons-les en présence
Diplomatiquement;
Je ne pouvais, je pense,
Mieux choisir le moment. *(Il sort.)*

SCÈNE VIII.

ANTINOUS ET HÉLÈNE.

HÉLÈNE (*à part*).

J'espère qu'il va s'entendre avec moi maintenant.

ANTINOUS (*à part*).

Brusquons le dénouement...

(*Résolument et s'avançant vers Hélène qui recule.*)

Mademoiselle ! je marche droit au but... et je laisse les mots couverts... Je vous ai dit qu'au bal dont vous étiez le plus beau lustre, vous aviez brûlé entre autres cœurs une âme éminemment sensible. (*D'un air fin.*) Vous en connaissez le propriétaire ?...

HÉLÈNE (*riant*).

Je crois que oui.

ANTINOUS (*à part*).

O ingénue !.. (*Haut.*) Il ne m'appartient pas — vous comprenez ma position — d'en faire l'éloge : vingt-cinq ans, de la tournure, de la figure, voilà pour le physique... un cœur tendre et une toilette irréprochable, voilà pour le moral... En tombons-nous d'accord ?

HÉLÈNE.

Tout à fait. (*A part.*) Est-il original !...

ANTINOUS.

Très bien ! en ce cas vous permettez que je demande à l'honnête auteur de votre existence votre main pour le propriétaire susdit de l'âme en question ?

AIR : *Ah! si madame le savait!*

Gardez de repousser les vœux
Du mortel qui pour vous soupire;
Un refus pourrait le réduire
Au désespoir le plus... fâcheux.
Son désespoir serait affreux !
En homme plein de conscience,
Je dois même vous prévenir

(*Faisant le geste de se couper la gorge.*)

Qu'il trancherait son existence.

HÉLÈNE (*à part*).

Oh! ce mot là me fait frémir.

ANTINOUS.

Oh ! c'est comme je vous le dis, il n'en ferait ni une ni trois, et vous auriez, toute votre vie, son trépas à vous reprocher...

HÉLÈNE.

Même air.

Je ne repousse pas les vœux
Du mortel qui pour moi soupire;
Je ne voudrais pas le réduire
Au désespoir le plus... fâcheux,
Son désespoir serait fâcheux :
Je ne puis même en conscience,
Me dispenser de convenir
Que je tiens à son existence...

ANTINOUS (*à part*).

Oh! Que ce mot là fait plaisir !...

(*Haut.*) Ainsi, je puis...

HÉLÈNE.

C'est convenu depuis longtemps...

ANTINOUS (*à part*).

Depuis longtemps... ah! oui... elle s'est amourachée de moi, au bal... (*Haut.*) Très bien, très bien! j'entends M. Candi, je vais le mettre à la question...

HÉLÈNE.

Quel dévouement pour Auguste !

SCÈNE IX.

LES MÊMES ET CANDI.

CANDI (*apportant une bouteille de liqueur et des petits verres*).

Tiens! verse-nous un petit verre de ce gargarisme. (*A part.*) Ils se sont parlés, ça se voit.

(*Hélène leur verse à boire.*)

ANTINOUS (*s'avançant, son verre à la main, sur le devant de la scène à gauche* (*à part*).

Voici le moment critique.

CANDI (*à part, s'approchant d'Antinoüs*).

Interrogeons-le adroitement. (*Lui frappant sur l'épaule.*) Ah ça ! voyons, la main sur la conscience (*Mouvement d'Antinoüs, comme pour lui dire : C'est là que vous placez la conscience.*) Comment la trouvez-vous ?

ANTINOUS (*regardant son verre*).

Pas mal; seulement elle n'est pas assez âgée.

CANDI.

Cependant elle a dix-huit ans.

ANTINOUS (*dégustant la liqueur*).

Ne croyez pas ça... Il s'en faut de beaucoup.

CANDI.

Comment ! il s'en faut de beaucoup... Je dois bien le savoir, c'est mon ouvrage... Je m'en flatte, à moi... et à ma pauvre Baptistine....

ANTINOUS.

Vous savez faire l'angélique ? Au fait... un confiseur...

CANDI.

Il est bien question d'angélique ! sac à papier ! Je vous parle de ma fille...

HÉLÈNE (*à part*).

Mon père a l'air de se fâcher; est-ce qu'il refuserait ?

ANTINOUS.

Ah! pardon! j'étais distrait.. Il y a ici un charme enivrant. (*Il montre Hélène.*)

CANDI (*regardant autour de lui*).

Un charme? (*Après une pause.*) Ah! je comprends... Je ne vous en veux pas... bien du contraire; ça flatte toujours le cœur d'un père.

ANTINOUS.

Vous en parlez bien à votre aise ; mais moi... si séduit par l'assemblage de tant de grâces, par la réunion de tant de vertus...

CANDI (*à part*).

Bravo !... (*Haut.*) Allez !...

ANTINOUS.

Par la collection de tant de perfections.

CANDI.

Allez toujours.

ANTINOUS

Par l'association de tant de...

CANDI.

De ?...

ANTINOUS.

De... Enfin si je vous disais : Je ne puis vivre sans elle... Que répondriez-vous ?...

CANDI.

Je répondrais : vous êtes un brave garçon; vivez pour la rendre heureuse; je vous la donne...

ANTINOUS.

Vieillard, arrêtez, arrêtez, vieillard, je professe un grand respect pour vos cheveux. (*Changement de ton.*) De quelle nuance sont-ils ? N'importe... Et pour votre figure auguste,..

HÉLÈNE (*à part*).

Il a nommé Auguste; il a fait la demande.

ANTINOUS.

Mais, au nom de la sainte trinité, ne vous raillez pas d'un infortuné doué d'une sensibilité nerveuse.

CANDI.

Quand je vous dis que je vous la donne!

ANTINOUS.

C'est assez, c'est assez.

CANDI.

Comment, assez !

ANTINOUS.

Quoi ! vous ne vous jouez pas de ma candeur ?

CANDI.

Eh non ! mille fois non ! j'ai mes raisons...

ANTINOUS (*froidement*).

En ce cas, souffrez que je vous congratule... Vous pouviez plus mal rencontrer, d'autant mieux... il faut tout vous dire, que votre fille a eu le bon goût de me distinguer depuis longtemps.

CANDI.

Pas possible! Et où donc?

ANTINOUS.

Et ce bal du Ranelagh !... J'ai reçu son aveu, là, tout à l'heure !...

CANDI (*à part*).

Ah ! ah ! et moi qui croyais... Sac à papier ! (*Haut.*) Eh bien ! tant mieux ! ça sera plus tôt fait; mais je vous avertis, je ne lui donne point de dot; c'est mon système; mais à ma mort...

ANTINOUS.

Diable ! Diable ! mais...

CANDI.

Laissez-moi faire.

AIR : *Un homme pour faire un tableau.*

Mieux que vous, mon cher, je comprends,
En père prévoyant et sage,
Les intérêts de mes enfants;
N'en demandez pas davantage :
Si vous tombiez dans le malheur,
C'est à moi qu'en serait la faute...

ANTINOUS (*à part*).

C'est pour ça que l'ex-confiseur
Veut nous tenir la dragée haute.

CANDI.

Une dot... ça rend paresseux; pour un jeune ménage, c'est un véritable poison.

ANTINOUS.

Et votre système est un antidote (*antidot*). Eh bien ! je patienterai, dites donc... n'allez pas !...

CANDI.

Quoi ?

ANTINOUS (*vivement*).

Rien, rien. (*A part.*) Qu'est-ce que j'allais dire là !

CANDI (*allant à Hélène*).

C'est une affaire entendue; tu l'aimes donc ?

HÉLÈNE.

Oui, papa.

CANDI (*se tournant vers Antinoüs*).

Et le jeune homme t'aime ?...

ANTINOUS.

Yes, yes, je le jure avec les deux mains ; le jeune homme l'idolâtre...

Eh bien ! je consens à tout; pour ne pas perdre de temps je cours chez le notaire, je fais dresser le contrat, et je reviens...

ANTINOUS (*à part*).

Et moi je n'en reviens pas ! c'est inouï !...

HÉLÈNE (*à part*).

Quel bonheur !

AIR *de la Mazourka nationale.*

Sort heureux !
O douce ivresse
Dans ses yeux
Que de tendresse !
Je vois, grâce à mon adresse,
Combler tous mes vœux.

CANDI.

Sort heureux !
O douce ivresse !
Dans leurs yeux
Que de tendresse !

Vite il faut que je m'empresse
De combler leurs vœux !

HÉLÈNE.

Sort heureux !
O douce ivresse !
Dans ses yeux
Quelle allégresse !
Je vois, grâce à son adresse,
Combler tous mes vœux !

(*Candi sort par le fond et Hélène par la porte de droite*).

SCÈNE X.

ANTINOUS (*redescendant la scène*).

Ah ! ça, respirons un peu... Tout ceci me semble fantastique. Le papa beau-père aurait voulu se débarrasser de sa progéniture que ça n'aurait pas été plus rondement; eh ! eh ! ça me donne à réfléchir... le vieillard a dit : j'ai mes raisons... Si le confiseur émérite me prenait pour un jobart; si c'était une pièce montée !... si après un trimestre matrimonial, j'allais faire comme tant d'autres, et dans un petit soliloque à part, me dire à moi-même :

AIR : *de l'Apothicaire*

C'était aux premiers jours d'avril
Quand tout aime dans la nature,
L'officier de l'état civil
M'unit à ma chaste future..

(*Comptant sur ses doigts.*)

Avril, mai, juin, c'est singulier !...
Trois mois, et déjà tout signale

Que mon bonheur particulier
Devance la loi générale...

Oh! qu'est-ce que tu chantes là, Antinoüs? tu es un monstre, un vil calomniateur; dépêche-toi d'aller chercher la corbeille de mariage... Mais qui porte ici ses pas ?

SCÈNE XI.

AUGUSTE, ANTINOUS.

AUGUSTE.

Je ne me trompe pas, c'est ce cher Antinoüs !

ANTINOUS

Auguste ici... enchanté... cher ami. (*A part.*) Que le diable l'emporte!... qui peut donc l'amener?

AUGUSTE.

Que viens tu donc faire ici? probablement tu cherches à placer tes liquides; il parait que nous faisons de bonnes affaires, peste! qu'elle élégance! on te prendrait pour un lion.

ANTINOUS (*à part*).

Yes... Prenons tout notre aplomb et distillons-lui une bourde un peu soignée. (*Haut.*) Fi donc! fi donc! mon cher, actuellement je professe le repos le plus absolu; quand on est propriétaire et qu'on a vingt mille livres de rente....

AUGUSTE.

Vingt mille livres ! je t'en félicite, c'est fort joli; tu as sans doute acheté des actions dans les chemins de fer...

ANTINOUS.

Pas si fossile !... C'est trop glissant; je ne donne pas là dedans, comme tout le monde...

AIR : *Ces fleurs sont là.*

Lignes du sud, lignes du nord,
Ligne en projet, ligne réelle,
A toutes les lignes on mord :
C'est une fièvre universelle...
Tous ces amateurs d'actions,
Excitant ma verve maligne
Me font l'effet de gros goujons
Qui se laissent-prendre à la ligne.
Oui, ce sont de pauvres goujons
Que l'on va pêcher à la ligne...

AUGUSTE.

Si tu ne donnes pas dans les chemins de fer, tu donnes dans le calembourg...

ANTINOUS.

C'est beaucoup moins périlleux.

AUGUSTE.

Alors, cette fortune vient de quelque héritage... Un oncle d'Amérique ?...

ANTINOUS.

Non, c'est une tante d'Europe ; mais, tiens,

cette maison fait partie de la succession; c'est un pied-à-terre, un vide-bouteilles; j'y ferai des embellissements; j'ai chargé mon architecte de me dresser un projet... style renaissance, tout ce qu'il y a de plus moderne.

AUGUSTE.

A mon tour, je te dirai : autre position, autres amis; on ne te vois plus; qu'es-tu donc devenu depuis que nous nous sommes vus au Ranelagh ?

ANTINOUS (*avec fatuité*).

J'ai voyagé; j'ai été aux eaux de Baden Baden, pour me refaire la santé et me fortifier... dans l'Allemand.

AUGUSTE (*riant*).

Ah! diable!

ANTINOUS.

Ya, mein heer! O mon cher, j'ai changé ma vie de fond en comble, j'ai planté là Félicité, Coralie, Anastasie, Euphrasie, etc.; plus de grisettes! c'est mauvais genre...

AUGUSTE.

Ça ne me surprend pas, tu es propriétaire.

ANTINOUS

J'ai pensé à me marier.

AUGUSTE.

Toujours le propriétaire...

ANTINOUS.

AIR : *Vaudeville de l'Héritière.*

Adieu le temps de la folie
Me suis-je dit : ne papillonnons plus,
Contentons-nous d'une femme accomplie
Par ses attraits, par ses vertus,
Sa modestie. ..... et ses écus.
Je me suis donc mis en voyage
Pour chercher ce trésor d'hymen...

AUGUSTE.

Et tu l'auras pêché, je gage,
Dans les eaux de Baden Baden...

ANTINOUS.

Badin! ah ça! et toi, par quel hasard ?

AUGUSTE.

Moi aussi, mon cher, je songe à me marier; mais je n'ai pas tes prétentions; je me borne à la main d'une jeune personne d'une condition modeste qui demeure à Belleville depuis peu; j'y viens pour la première fois; j'ai vu cette porte ouverte, je suis entré pour me faire indiquer la maison de M. Candi; tu dois la connaître ?

ANTINOUS (*à part*).

Qu'apprends-je ?

AUGUSTE.

C'est sa fille que j'aime, et je viens la lui demander en mariage ; j'avais d'abord songé à faire faire la demande par un tiers, mais j'ai changé d'avis. Mais, parbleu ! tu la connais : c'est cette jeune personne que tu as vue au Ranelagh avec une de ses parentes, une grosse...

ANTINOUS.

Yes, yes. (*A part.*) Les cent cinquante-huit kilogrammes ; mais ne nous troublons pas...

AUGUSTE.

Indique-moi sa maison. (*Il remonte la scène.*)

ANTINOUS (*à part*).

Décidément... il faut frapper un grand coup.

AUGUSTE (*qui a entendu le mot frapper*).

Où faut-il frapper ?

ANTINOUS (*lui tendant la main*).

Là.

AUGUSTE.

Hein ?

ANTINOUS.

Là, te dis-je ! tu sais que je suis ton ami.

AUGUSTE.

Si ta nouvelle fortune te le permet.

ANTINOUS.

Ne plaisante pas; tu me fends le cœur.

AUGUSTE.

Que dis-tu donc? tu as un air singulier.

ANTINOUS.

Il te faut renoncer à ce mariage; je ne te profère que ce peu de mots.

AUGUSTE.

Impossible.

ANTINOUS.

Il le faut, car mademoiselle Candi s'appelle maintenant madame Antinoüs Coquardeau, et tu es ici au domicile des conjoints.

AUGUSTE.

Allons donc, farceur, allons donc, il n'y a pas huit jours que j'ai vu Hélène, et que j'ai reçu de son affection les preuves les plus irrécusables...

ANTINOUS.

Irrécusables? Que dis-tu là? (*A part.*) Est-ce que je... déjà... irrécusables!.. (*Haut.*) Qu'entends-tu par cet adjectif?...

AUGUSTE.

Oh! ta question est une offense; Hélène m'a

permis de la rechercher en mariage ; voilà tout.

ANTINOUS.

A la bonne heure! mais ton calendrier retarde de deux jours; il y a quarante-huit heures que le mariage est consommé; tout ce qu'il y a de plus consommé, mon cher... nous avons fusionné nos deux existences.

AUGUSTE.

Se pourrait-il? une pareille trahison! (*A part montrant Antinoüs.*) En effet, sa présence ici... Ah! c'est affreux!...

ANTINOUS.

Doucement... doucement, *piano*, *piano*...

AUGUSTE.

La perfide!...

ANTINOUS.

Auguste! Auguste! du calme...

AUGUSTE.

Quelle astuce!...

ANTINOUS.

Ah! ça; oublies-tu que je suis son époux?... Tu vas finir par m'émouvoir...

AUGUSTE.

Eh! morbleu! je ne demande pas mieux... Il faut que je me venge... cela soulage... et cela te revient de droit.

ANTINOUS.

Je te trouve récréatif... Voyons, voyons... entends la voix consolatrice de la raison qui te dit : va-t'en... Et d'ailleurs tu ne peux pas rester ici... Tu comprends, et moi je dois aller rejoindre mon beau-père! (*Il appuie sur le mot beau-père.*)

AUGUSTE.

C'est possible!... mais d'abord tu vas te couper la gorge avec moi...

ANTINOUS.

Comment ?

AUGUSTE.

Ton heure ?

ANTINOUS.

Plaît-il ?

AUGUSTE.

Tu feins de ne pas comprendre !...

ANTINOUS

Moi ?

AUGUSTE.

Oui... Ton heure! te dis-je ?

ANTINOUS (*tirant sa montre*).

Six heures !...

AUGUSTE.

Regardant la sienne.

ANTINOUS.

En ce cas... c'est tout de suite, ça me va... Sortons...

ANTINOUS...

Sortons ? Pourquoi?...

AUGUSTE (*lui serrant fortement le poignet*).

Tu refuses ?... mais tu n'es donc qu'un lâche ?...

ANTINOUS (*se dégageant*).

Aie! aie! Lâche toi-même... Tu me fais mal!... Est-il enragé!...

AUGUSTE.

Décidément tu ne veux pas te battre ?...

ANTINOUS.

Si fait! si fait!

AUGUSTE.

A la bonne heure! Quand ?

ANTINOUS.

Quand ?

AUGUSTE.

Sans doute.

ANTINOUS (*froidement*).

Dans trois mois... Je fais comme ma maison... je règle à quatre-vingt-dix jours... pas plus tôt... Ecoute donc... Je viens de me marier... Que diable!... Tu comprends...

AIR *de Julie.*

Allons ! allons ! calme ta rage,
Je t'en supplie au nom du ciel;
Ne vois-tu donc pas que je nage
En plein dans la lune de miel ?
Mais puisque le diable te pousse
A croiser avec moi le fer,
Je veux attendre au moins, mon cher
Que je sois dans la lune rousse.

AUGUSTE.

Au fait, tu as raison... je suis fou...

ANTINOUS.

Fou ? du tout... Je te trouve très raisonnable...

AUGUSTE (*à part*).

Plus d'espoir !

ANTINOUS.

Je te demande pardon... mais j'ai affaire avec

mon beau-père. (*A part.*) Si Hélène allait revenir !... Il ne faut pas qu'ils se rencontrent. (*Haut.*) Au revoir... au revoir !... cher ami... (*A part.*) Ciel ! quelqu'un !... Si c'était elle !...

AUGUSTE.

Je pars. (*A part.*) Mais auparavant je veux l'accabler de mes reproches... Où me cacher ? Ah ! ce cabinet. (*Il entre dans un cabinet qui est au fond à gauche.*)

ANTINOUS (*à haute voix allant à la porte du fond par où il le croit sorti*).

Adieu, cher ami, adieu... *Addio, caro mio !* Je le mets à la porte en italien...pour adoucir le procédé... (*En ce moment Hélène entre.*) Dieu, il était temps ! A mon emplète maintenant... Ça ne sera pas long.

SCÈNE XIIe.

HÉLÈNE, puis AUGUSTE.

HÉLÈNE.

L'ami d'Auguste est allé sans doute lui rendre compte du succès de son message... Auguste ne tardera pas... S'il savait comme il est attendu...

AUGUSTE (*s'avançant, à part*).

Je sens à sa présence revenir toute ma colère...

HÉLÈNE.

Je me figure sa joie... ses transports, quand son ami lui aura fait part de cette bonne nouvelle...

AUGUSTE.

Contenons-nous, pourtant... De la froideur... de la dignité...

HÉLÈNE.

Ah! le voilà...

AUGUSTE.

Oh! Ne craignez rien... Je n'ai garde de venir troubler votre bonheur par un éclat indiscret...

HÉLÈNE.

Qu'entends-je? Quel changement !

AUGUSTE.

De quoi me plaindrais-je, en effet, madame ?

HÉLÈNE.

Madame ?...

AUGUSTE.

N'étiez-vous par votre maîtresse? vous aviez accueilli mes vœux, cela est vrai... Mais alors il ne s'était pas présenté pour vous de parti plus avantageux... Le plus riche a dû l'emporter... car, moi, je n'avais pas à mettre à vos pieds vingt mille livres de rentes...

HÉLÈNE (*à part*).

Que s'est-il donc passé, mon Dieu? Je ne vous comprends pas...

AUGUSTE.

Oh! ne vous abaissez pas à feindre... je sais tout... Vous êtes mariée... Recevez mes félicitations...

HÉLÈNE.

Mariée!... Vos félicitations!... mais en vérité, monsieur!...

SCÈNE XIII.

LES MÊMES, CANDI.

CANDI.

Me voilà, me voilà! C'est arrangé... (*A Hélène.*) Mais où donc est mon gendre ?...

HÉLÈNE (*à part*).

Son gendre ?... Et lui aussi ? Oh! je commence à comprendre...

AUGUSTE *à Hélène* (*bas*).

Eh bien! suis-je mal informé ?...

HÉLÈNE.

Oh! mon Dieu!...

CANDI (*à Auguste*).

Monsieur est sans doute un ami de mon gendre ?...

AUGUSTE (*ironiquement*).

Oui, monsieur, et je venais offrir à sa nouvelle famille mes compliments empressés...

CANDI.

C'est trop de bonté... Savez-vous que vous avez un ami charmant ?...

AUGUSTE.

Certainement !...

CANDI.

Et quel heureux naturel ! Il est gai, jovial... Oh ! ma fille est bien tombée... elle sera heureuse... j'en mettrais ma main sur le feu... Aussi elle le lui rend bien... c'est qu'elle l'aime beaucoup... Tenez, elle me le disait elle-même il n'y a qu'un instant... N'est-ce pas, mon bichon, que tu me l'as dit ?... Oh ! tu me l'as dit... Elle me l'a dit...

HÉLÈNE.

Mais !...

CANDI.

Ne vas-tu pas faire la sucrée à présent ?...Puisque monsieur est un ami... il n'y a pas besoin de se gêner devant lui. Allons, je te laisse... j'ai quelques papiers à chercher... Tiens compagnie à monsieur en attendant le retour de mon gendre...

(Auguste salue. Candi sort.)

SCÈNE XIV.

HÉLÈNE, AUGUSTE.

AUGUSTE.

Je n'ai plus qu'à me retirer, madame. (*Fausse sortie.*)

HÉLÈNE (*courant après lui*).

Arrêtez, Auguste, arrêtez ! un seul mot...

AUGUSTE.

Pourquoi me retenir ?

HÉLÈNE.

Pourquoi ? mon Dieu ! pourquoi ? Pour vous dire que nous sommes tous deux trompés, trahis indignement... mais que je ne suis point mariée... malgré les apparences, malgré ce que vous avez pu entendre de la bouche même de mon père.

AUGUSTE.

Il se pourrait ?

HÉLÈNE (*en lui donnant son portrait*).

Enfin, pour vous prouver, puisqu'il le faut absolument, que je n'ai pas cessé de penser à vous!! Maintenant, je ne vous retiens plus.

AUGUSTE.

Que vois-je? Mon portrait?.., et de votre main! et j'ai pu croire!... Oh! pardon! pardon!... mais alors ce mariage qui allait se faire sans doute... comment expliquer?...

HÉLÈNE.

Rien de plus simple... n'étions-nous pas convenus que vous chargeriez un tiers de demander ma main à mon père?...

AUGUSTE.

Cela est vrai...

HÉLÈNE.

En voyant ici votre ami, j'ai dû croire qu'il venait de votre part.

AUGUSTE.

Le sournois!...

HÉLÈNE.

Pouvais-je penser que les prévenances dont il a été l'objet... à cause de vous, feraient naître ses prétentions?...

AUGUSTE.

Le fat!

HÉLÈNE.

Mais ce qui me surprend, c'est la facilité avec laquelle mon père a consenti...

AUGUSTE.

Antinoüs aura fait valoir sa fortune... Il paraît qu'il est riche...

HÉLÈNE.

Eh ! que m'importe à moi !

AUGUSTE (*lui prenant la main*).

Oh ! merci ! merci !...

HÉLÈNE.

Merci ! merci !... Vous mériteriez bien qu'on ne vous aimât plus... Ce qui vient de se passer...

AIR *nouveau de This* (*Le Spectacle à la cour*).

HÉLÈNE.

Pourquoi m'avoir soupçonnée
De vouloir manquer à la foi
Qu'avec bonheur je t'ai donnée ?
Ah ! c'était bien mal à toi.

Maintenant j'ai peur, que, dans son erreur,
Ton trop faible cœur ne doute de mon cœur;
Mais dans ce moment le remords
Doit bien me venger de tes torts.

AUGUSTE.

A tort je t'ai soupçonnée
D'avoir pu manquer à la foi

Qu'avec bonheur tu m'as donnée ;
Ah! c'était bien mal à moi!
Maintenant j'ai peur qu'après mon erreur
Ton trop faible cœur ne doute de mon cœur;
Mais dans ce moment le remords
Doit bien te venger de mes torts.

ENSEMBLE.

AUGUSTE.

Moment enchanteur ! non, je n'ai plus peur
Qu'à présent ton cœur doute de mon cœur.
Non, plus de frayeur, tu me rends ton cœur.

HÉLÈNE.

Moment enchanteur, je te rends mon cœur;
Non, je n'ai plus peur, non, non, non, non plus de frayeur.

(*Auguste presse Hélène dans ses bras.*)

SCÈNE XV.

LES MÊMES, TRINETTE, puis ANTINOUS.

TRINETTE (*accourant par la porte du fond*).

Mam'selle! mam'selle! Monsieur Antinoüs. (*Celui-ci paraît.*)

Il n'est plus temps !...

AUGUSTE et HÉLÈNE.

Ciel !...

ANTINOUS (*portant une énorme corbeille de mariage en forme d'urne cinéraire ; ironiquement*).

Ah! je vous dérange! (*Avec une colère concentrée.*)

Vous me vexez à l'instar d'une anguille qu'on écorche!... Oui, mais si ce poisson souffre sans crier qu'on lui escofie son vêtement de peau... c'est qu'il est muet de naissance... le créateur ayant eu ses raisons pour ne pas se gêner avec lui... (*A haute voix.*) Mais moi je me plains à toute la nature... J'intéresssse les trois règnes à mon accident... (*D'un ton de reproche mélancolique.*) Quelle récompense pour tant d'amour... et... tant de frais.

AIR *de Paris et le village.*

Ecrin, cachemire, bijoux,
Tout est là selon le programme;
Car toujours un nouvel époux
Veut que rien ne manque à sa femme...
Maintenant j'en ai du regret...
Dieu! quelle mine dois-je faire?
On croirait voir le fils Hamlet
Pleurant sur l'âme de son père!...

(*A haute voix.*) Mais ça ne se passera pas comme ça... (*D'une voix sombre.*) Ça ne se passera pas comme ça... Justement voici M. Candi. (*Il dépose sa corbeille.*)

SCÈNE XVI.

LES MÊMES, CANDI, TRINETTE.

CANDI.

Eh bien! à qui en avez-vous donc, mon gendre?

ANTINOUS.

Votre gendre! votre gendre! il en a vu de belles ici tout à l'heure... Horreur!

AUGUSTE.

Ah ça !... Mais !...

ANTINOUS.

Toi, tu n'as pas la parole. Figurez-vous... je sors d'ici, je trouve un cabriolet qui descendait, j'y monte... J'apparais dans les plus riches magasins. Nouveautés, bijouterie, orfèvrerie, ganterie, parfumerie, lingerie, rubannerie... Je sème l'or comme un anglais; on me prend pour un prince étranger... Mon choix est fait... C'était lourd; je reviens en diligence... dans mon même cabriolet et je tombe... de mon haut, sur le seuil de cette demeure... en surprenant monsieur et mademoiselle dans une pose que je me contenterai d'appeler très anacréontique.

CANDI.

Que voulez-vous dire ?

ANTINOUS à AUGUSTE.

Oui, monsieur te fait l'honneur de me demander ce que cela veut dire...

AUGUSTE.

Eh bien! oui, monsieur, j'aime mademoiselle votre fille, qui n'a pas la moindre inclination pour monsieur... C'était un malentendu.

ANTINOUS.

Auguste!... Oser porter cet auguste nom et... c'est du joli !...

CANDI à ANTINOUS.

Et vous, vous ne vous appelez pas Auguste ?

ANTINOUS.

Non, certe!... et j'en rends dix millions de grâces à Dieu... et à mon parrain.

AUGUSTE (*ironiquement*).

Antinoüs Coquardeau !

ANTINOUS.

Oui, je m'intitule Antinoüs Coquardeau, entendez-vous, M. Auguste Dutour ?

CANDI.

Auguste Dutour ? quoi ! ce n'est pas vous qui... et c'est vous que... Eh ! embrassez-moi donc, mon gendre.

TOUS.

Son gendre !

CANDI (*à Auguste*).

J'ai mes raisons... Tenez, lisez cette lettre de votre père.

ANTINOUS.

Ah ça ! et moi donc, vieillard variable ?

AUGUSTE (*après avoir lu*).

Chère Hélène !

CANDI.

Vous ? ne parlons plus de ça, mon ami. Est-il farceur avec sa *jaunisse verte* ! A propos, vous allez me rendre ma commande.

ANTINOUS.

Du tout, du tout... Le vin est tiré, il faut le boire... et surtout le payer... Et cette corbeille qui m'emporte... (*Il dit le chiffre à l'oreille d'Auguste.*)

AUGUSTE.

Comme il mentait ! (*Bas à Antinoüs.*) Eh bien ! tout peut s'arranger, rends la signature à monsieur, et je prends la corbeille à mon compte, puisque c'est moi qui épouse.

ANTINOUS

Ah ! oui, c'est juste, c'est toi qui... Allons, je suis bon prince. (*A Candi.*) Décidément vous ne m'achetez rien ? (*Signe négatif de Candi.*) Alors voulez-vous que je vous dise le mot ?

CANDI.

Oui.

ANTINOUS.

Ça vous ferait-il plaisir ?

CANDI.

Oui.

ANTINOUS.

Eh bien!... je ne vous le dirai pas.

CANDI.

Farceur! vous en seriez-vous douté, Auguste, du tour? Allons! allons! tout est arrangé pour le mieux, sac à papier! Allons l'écrire à votre père, mon gendre.

ANTINOUS.

Hein!... oh! pardon, je croyais que c était à moi que... l'habitude.

CANDI.

Entrons.

ANTINOUS.

Permettez, permettez; il y a ici un de mes clients avec lequel je vais tâcher de faire un peu l'article... Il n'est pas très aisé; mais quand on sait s'y prendre, c'est une fameuse pratique, qui ne se dédit pas... (*A part.*) Attrape, vieux... (*Il s'approche de la rampe et salue; puis, comme s'il éprouvait de l'hésitation, il se rapproche des acteurs.*) Il ne s'agit pas de l'entortiller avec des mots... lui... (*Même jeu.*) C'est que, voyez-vous... je ne l'aborde jamais sans que ça... me batte... (*Même jeu.*) Et aujourd'hui surtout. Mais je vais prendre mon sol le plus doux... (*Il s'adresse au public.*)

AIR *nouveau de M. Abel.*

Vous me voyez désolé.
Mon espoir s'est écroulé,
Je suis un homme... coulé.
Ayant fait heureusement
L'article et le sentiment,
J'ai cru, jusqu'à ce moment,
Dans ce logis amené
Prendre pied; infortuné!
Je n'ai pris ... qu'un pied de nez...
Témoins de mon double échec,
Pourriez-vous me voir avec
Un œil insensible et sec ?
Pour me consoler, ce soir,
Messieurs, daignez recevoir
Cette pièce du terroir..
Ce n'est pas du vin d'extra,
Pour l'ordinaire il sera,
Et chez vous il gagnera.
Allons, ne marchandez pas :
Vous savez, en pareil cas,
Ce qu'on fait dans les achats...
Dans la main on frappe un coup;
On peut en frapper beaucoup,
Plus tard on règle le tout.
Par ce moyen, de nouveau
Antinoüs Coquardeau
Grâce à vous, revient sur l'eau.

CHŒUR.

Par ce moyen, etc., etc.

Caen, imp. de Ch. Woinez.

www.ingramcontent.com/pod-product-compliance
Ingram Content Group UK Ltd.
Pitfield, Milton Keynes, MK11 3LW, UK
UKHW021005180726
13838UKWH00003B/1455